十一个人的自我推广

创意的心理研究与过程分析

杭海 著

湖南美术出版社

中央美术学院设计学院实验教学丛书

丛书策划	谭 平	黄 啸
丛书主编	谭 平	黄 啸
编委会	周至禹 滕 菲 杭 海 谭 平	
	王 铁 崔鹏飞 吕品晶 黄 啸	
整体设计	谭 平	
封面设计	孙 聪	
版式设计	孙 聪 杭 海	
电脑制作	高 凌 郝玉刚	

十一个人的自我推广
创意的心理研究与过程分析

责任编辑	黄 啸
责任校对	李奇志

出版发行： 湖南美术出版社
地 址： 长沙市火焰开发区 4 片
经 销： 湖南省新华书店
制 版： 深圳利丰雅高电分制版有限公司
印 刷： 深圳市彩帝印刷实业有限公司
开 本： 850×1168 1/16
印 张： 5.75
2001 年 10 月第一版 2001 年 10 月第一次印刷
印数： 1-4000 册
ISBN7-5356-1573-2/J·1487 定价： 39.00 元

目录

缘起

"自我推广"的概念在我们这次课中就是向别人介绍自己的特点、优势。我一向认为只有学会有效地推销自己，才有可能去推销别的什么东西，毕竟常识告诉我们，没有谁能比自己更了解自己的了。然而，一旦进入课程状态，我发现并不是这样，大部分学生对自己究竟有些什么可资推广的特点，很是茫然，不只于此，几乎每一个对自己的回忆与评价都有隐瞒与美化的倾向，于是开始的个性特征的调查便不可避免地从两方面着手：自己的评价与他人的评价。自己心目中的"我"与他人心目中的"我"有很大的出入。另一个有趣的现象是，一个人的"毛病"似乎更能准确、生动地反映出这个人的特征，比如，"巨琳有点缠人"，"王雪皎一说话就哆嗦"，"王艳说话的声音像蚊子叫"……然而推广的目的是让别人欣赏自己不一般的地方，以期被人接受、被人重用，于是，如何能将一种个性特征上的"毛病"转化为一个推广意义上的利益点、优势就成了思考的焦点。这种思维上的变化带来的是真正意义上的自我推广：着眼于真实的自我，让平凡之处获得不平凡的特质，让看似"毛病"、"弱点"的个性特征成为优势诉求的重点，而这一切不平凡的转化来自于我们视点角度的变化与幽默、坦诚的心态。

本书所展示的是设计学院平面97班的十一位同学的自我推广的作业过程，记录一种创意过程的思维痕迹：缘起、演化、变异……无疑有助于创意教学的心理研究与过程分析，同时，我更愿意将这份个案性质的报告当做一份特别的礼物，送给即将毕业的平面97班的全体同学，以纪念我和他们相识的缘分。

等色.

抓住机遇.

不知足.

有人说我像巧克力（巨琳）

课程一开始，巨琳提供了三张草图，图一中，许多个巨琳同时向上看，图二中许多个巨琳同时向下看，图三中，许多个巨琳同时向周围看。

巨　琳：向上看是表示等着天上掉馅饼，向下看是寻找馅饼，向周围看是表示在找还有没有别的馅饼，馅饼意味着机会。

随着草图的细化，等馅饼（机会）的动机最终被演绎成"这是一个绝好的机会，于是我便牢牢地死守在这里。"

在地上找馅饼（机会）的动机被演绎成"突然机会来了！我便不顾一切地抓住它！"

向周围看的动机被演绎成"尝到了甜头还不满足，于是我想，还会不会有更好的呢？"

画面的形式由多个巨琳简化为一个巨琳，巨琳认为这样更具有视觉冲击力，关于画面色调，我曾建议她是否可以用黑白色调，她最后选择了一种更具时尚意味与个人倾向的蓝绿色调，显然这种色调所营造的气氛与其原初的创作动机更加吻合——那就是另类一些。

关于这几幅图的色调问题，在课堂上曾有过一次讨论：

曲珊珊：巨琳，你为什么要用这种蓝绿色调？

巨　琳：一开始，老师建议是否可用黑白调子，但我感到黑白的用得太多了，也许有一点色彩倾向会显得特别一些。

曲珊珊：但这种蓝绿色调会让人产生一种压抑的感觉。

巨　琳：我是想特别一些，"酷"一些。

曲珊珊：你所谓的"酷"究竟是什么东西？

巨　琳：不一般，很少有人去做。

王雪皎：我倒觉得这几幅画面的色调挺有点港台味道的，挺理想化的。

巨　琳：每个人的看法都不太一样，比如说，我妈看了就说不好看，说"这

我叫巨琳。二十一岁。是中央美术学院设计系97级的学生。
身高1米65，体重46公斤，血型O型，星座双鱼座。喜爱的颜色：粉色。喜爱的娱乐：听音乐。
我这个人特别固执，认定的事情就不会轻言放弃。如果我认为这是一个成功的好机会，我便会把它看的牢牢的，不会让它从我的视线里消失。

我叫巨琳。二十一岁。是中央美术学院设计系97级的学生。
身高1米65，体重46公斤，血型O型，星座双鱼座。喜爱的颜色：粉色。喜爱的娱乐：听音乐。
我是一个不达到目的就不罢休的人。一旦被我发现一个绝好的机会，我会想尽方法以最快的速度抓住它，不会让它轻易的从我的眼皮底下溜掉。

我叫巨琳，二十一岁。是中央美术学院设计系97级的学生。
身高1米65，体重46公斤，血型O型，星座双鱼座。喜爱的颜色：粉色。喜爱的娱乐：听音乐。
我总是很贪心，不满足现状。每次在做完一件事后，我经常想：下次一定还有更好的机会，下次我一定会做的更出色的。

尝到了甜头还不满足
于是我想：
还会有没有更好的吧？

模样儿，谁会要你？"但许多同学就觉得挺好看的。

……

显然关于色调的研讨往往难以控制，人的色彩感觉是高度感性、情绪化及极端个人倾向的，因此色彩的问题应多征询作者的意愿，尽量尊重学生的倾向与偏好。我发现大多数的学生凭感觉营造的色彩气氛往往是准确的并经得起论证的，而由纯理论导致的色彩结果也许只是没有什么问题，但往往缺乏灵性与感动力。

好的推广应该是真实而有特点的。真实是打动人心的基础，也是良好口碑与信用的起点，真实的个性往往是特别、不寻常甚至是出人意料的，它会激起新的冲动、新的感悟，从而使得创意焕然一新。在课程的中间阶段，我建议大家应该放弃虚假包装，避免过度炒作的"偶像"意味的推广方式，找准自己的真实的特点，将之转换为推广的强势卖点。

但这一找寻过程很快遇到了麻烦。

巨琳对我说："问了别人对我的印象，有的说我长的黑，有的说我特别缠人……这些对自我推广好像没有什么积极意义。"类似的反映其他同学也都有。显然，是到了换一种思路想问题的时候了，然而如何将看似负面的、消极的印象转化为一种推广意义上的积极因素，不仅需要奇思妙想、一反常态，更需要一种开放的心态与幽默感，同时，机缘也是很重要的，巨琳的第二套方案就说明了这一点。

巨琳："'黑'可能是我比较突出的特点，从小到大，老有人说，'这丫头挺黑的'，但怎么利用这个特点一直没有头绪。有一天，陈礼对我说，'你挺像巧克力的，外表黑但说话挺甜，讨人喜欢。'我认为挺合适的。"

于是"巧克力巨琳"的概念出现了：

有人说我像巧克力，

虽然我不白，

但我却拥有

独特的魅力！

独特的配方！（25%敏感，25%热情，25%责任心，25%勤奋）

有人说我像巧克力

没有一件礼物能像我一样打动人心

有人说我像巧克力

如果被我粘住

就很难再甩掉哦！！！（如果哪个客户被我粘上，就休想再摆脱掉我）

有人说我像巧克力

想尝尝吗？

为了适合"巧克力巨琳"的形状，巨琳选择了窄条形的构图，画面有一种孩子气的浪漫与精心修饰的混合气息，从中我们可以体会到巨琳是在做一件自己真心喜欢并注入了情感的事，而不只是为了完成一两张作业。

"巧克力巨琳"让我们看到了良好的自我推广所具有的品质：真实、准确、感性、幽默、出人意料……

有人说我像巧克力.

身高 一米六五 体重 四十二公斤
我是中央美术学院设计系一级的学生
我名叫启琳,今年二十一岁

36100015

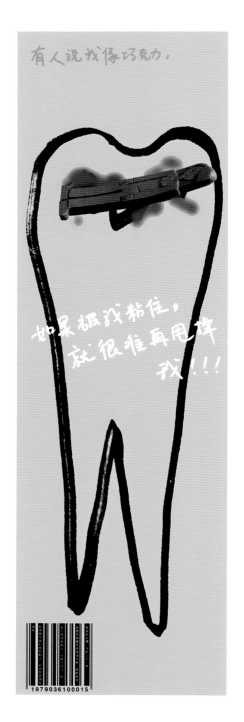

别看我一出声心就跳不已的样子。

计师玩的就是心跳。

自己都不心动，怎么能一鸣惊人。

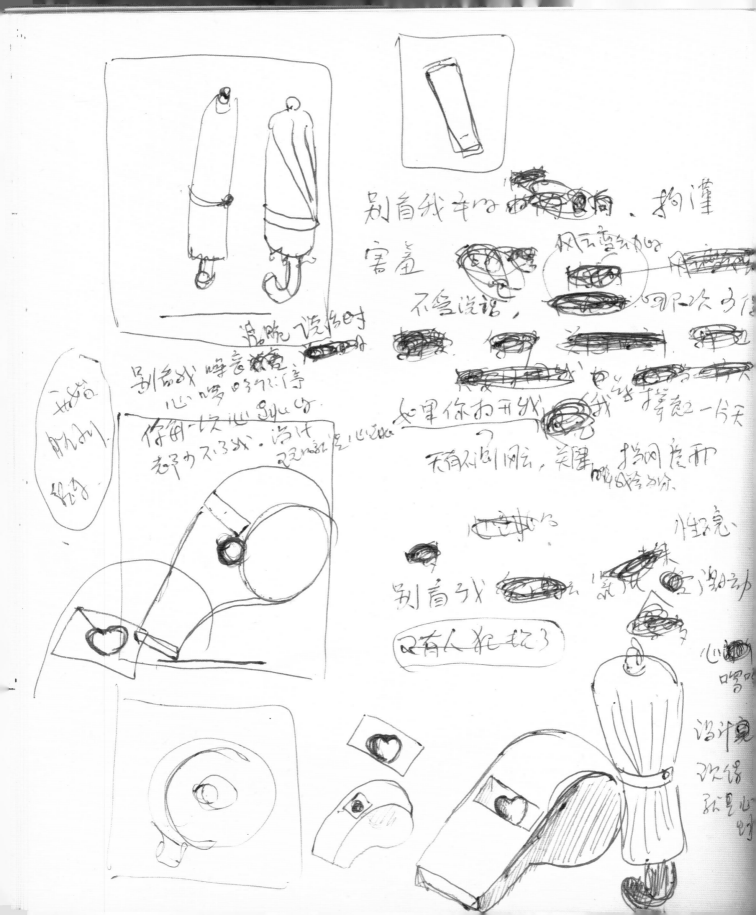

一只爱玩心跳的哨子（王雪皎）

王雪皎给自己开了一份"个人特点"的清单：

1. 拘谨，放不开
2. 执著、偏执、有毅力
3. 紧张
4. 不善于表达
5. 单纯、不老练
6. 细心、敏感
7. 举轻若重
8. 直率、不圆滑
9. 情绪化

王雪皎的紧张表现为一说话就哆嗦，心跳个不停。据王雪皎自己说，有一天他在超市看见了哨子，猛然有了灵感：

"别看我一出声，心就跳个不停，自己都不心动，怎么能一鸣惊人？设计师玩的就是心跳。"

王雪皎——一只爱玩心跳的哨子

由此推演下去，"拘谨、放不开"的毛病转化为在关键时刻张开的"雨伞"。

别看我平时拘谨放不开，雷雨交加的天气，我却大显身手，设计师就得一张一弛。

王雪皎——一把有张有弛的雨伞

"不善于表达"的特点转化为守口如瓶的"保鲜罐子"：

"别看我平时守口如瓶，正是密封性好，长期储存食品而不使其变质，要新鲜就来找我，设计师有的就是新鲜。"

王雪皎——一个保鲜持久的罐子

"毛发硬"的特点转化为"一把有韧劲儿的刷子"。

"别看我毛发硬，想保持洁白靓丽，就需要天天强力刷洗，设计师有的就是韧劲与毅力。"

王雪皎——一把有韧劲儿的刷子

这组作品，王雪皎改了很多次，很费劲，但一直到最后，他似乎也没有完全满意，改动大的地方是画面的风格，木刻、色粉……王雪皎不断尝试新的表现法，力图做到最好，很多时候，我以为差不多了，他又推翻了重来，这不知是"执著"还是"情绪化"？不管怎样，我认为是好事。

"哨子"的想法让许多老师与同学啧啧称奇，我想王雪皎能想起用"哨子"来自比，

别看外毛长短，要保持活白亮丽，就需要天天强力刷洗。设计唯有的就是韧动与努力

除去"细心、敏感"等原因之外，一定有某种机缘的因素。灵感是无法描述的，在此我想引用《五灯会元》中南峰惟广禅师的一段话来表达我对灵感的一点感触，"尽日觅不得，有时还自来。"（《五灯会元》卷十二）

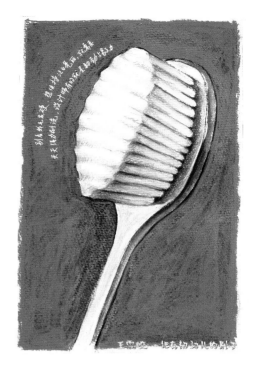

王雪皎的另一组作品来源于他身上的痣。

王雪皎："我的耳朵上有一颗痣。"

教　师："是吗？"

王雪皎："是真的，另外我手臂上有两颗，屁股上还有一颗。"

教　师："有什么说头？"

王雪皎："我能不能说屁股上有痣的人坐得住？当然是自己编造的。"

教　师："当然可以说，你甚至可以说相书上就是这么说的。"

……

最初的文案是这样的：

这颗痣总让人误以为我女性化，其实就是这样，我对工作像女性一样细致，像女性一样敏感。（耳朵篇）

我建议王雪皎能否将话说得更幽默、更俏皮一些？毕竟这个推广的动机本身就有一种狡黠、调侃的意味。

经过多次反复，文案终于成型：
据说耳朵上长痣的人有女性化倾向
细腻、敏感、多情
我就长了一颗，是真的
我不认为是件坏事
毕竟你要我来做设计
又不是找我过一辈子
（耳朵篇）

据说屁股上长痣的人坐下就不爱动地方
就像钉了钉子一样
我就长了一颗，是真的
我不认为是件坏事
毕竟做事就要沉得住气
又不是三岁的孩子坐不住
（屁股篇）

据说左胳膊上长痣的人有左倾倾向
偏执、爱冒险
我就长了两颗，是真的
我不认为是件坏事
毕竟你让我来是出创意
又不是找我来看孩子

别看我平时守口如瓶，正是密闭性好，长期储存食品汤不其变质，要新鲜就来找我，设计师有的就是新鲜。

（胳膊篇）

　　创意人所具有的那种心无羁绊、口无遮拦的习气，就是这样透过这不寻常的概念与文字传递出来，让我们在忍俊不禁的同时，感受到创作者的机智与幽默。

　　身上的痣与王雪皎的个性特征并无任何联系，假托相学的概念来演绎自己的性格特征，使得信息的表达摆脱了常规的叙述方式，营造了一种玩笑似的调侃氛围，这种氛围有助于受众轻松自然地接受主要的信息，不只于此，其中的创造力、开放的心态更凸现了作者的人格魅力。既然我将这次课的内容定义为"自我推广"，"自我"的人格特征、魅力无疑是推广过程中最具感动力的东西，王雪皎将他身上那些莫名其妙、毫无说法的痣说得头头是道、妙趣横生，真的是有点特别，与众不同。

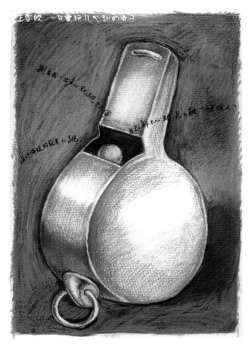

　　王雪皎的"干货"

　　王雪皎："别人说我'又瘦又干'，于是我想做一个'干货'的概念，'干货'意味着脱水——没有水分，我就选择了菊花茶。"

　　教　师："你为什么不选择别的干货，比如说，干豆角，干咸鱼什么的？"

　　王雪皎："我是觉得干菊花与我的特征更接近，好比说，菊生长在秋末初冬，而我是在十一月份出生的，菊花去火润喉，而我嗓音很好（是院广播站的播音员）；菊花茶虽然看上去很干、很小，但遇水后则发得很大，我好像也有这个特点，等等。"

　　教　师："为什么最后放弃了这一系列想法？"

　　王雪皎："没有放弃，只是还没有时间去细化。另外还有一组想法，'电灯泡'与'跳棋'也是没时间去做的，所以暂时搁下了。"

据 说 屁 股 上 长 痣 的 人 就 象 钉 了 钉 子 一 样 　　　　能 坐 的 住

我 就 长 了 一 颗 是 真 的 　　　　我 不 认 为 是 件 坏 事

毕 竟 做 事 要 沉 的 住 气 又 不 是 三 岁 的 孩 子 坐 不 住

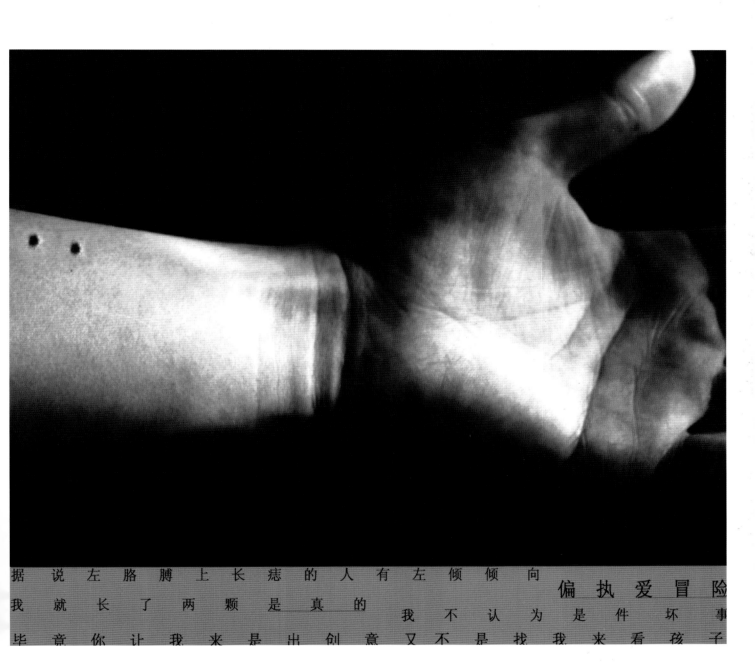

据 说 左 胳 膊 上 长 痣 的 人 有 左 倾 倾 向
我 就 长 了 两 颗 是 真 的　　　　　　偏 执 爱 冒 险
　　　　　　　　　　　　　　　　我 不 认 为 是 件 坏 事
毕 竟 你 让 我 来 是 出 创 意 又 不 是 找 我 来 看 孩 子

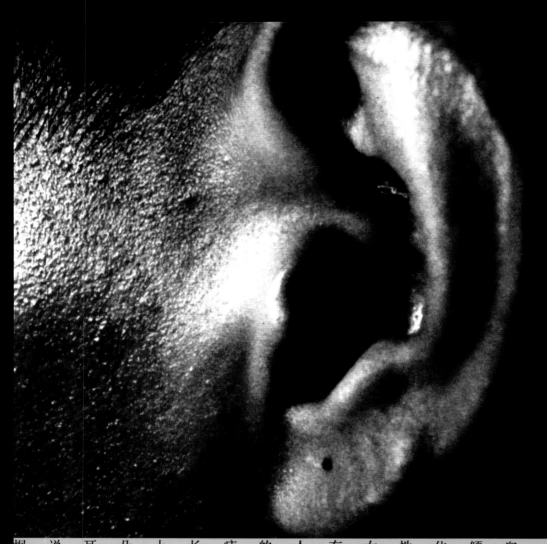

据 说 耳 朵 上 长 痣 的 人 有 女 性 化 倾 向 细 腻 敏 感 多 情
我 就 长 了 一 颗 是 真 的
我 不 认 为 是 件 坏 事
毕 竟 你 要 我 来 做 设 计 又 不 是 找 我 过 一 辈 子

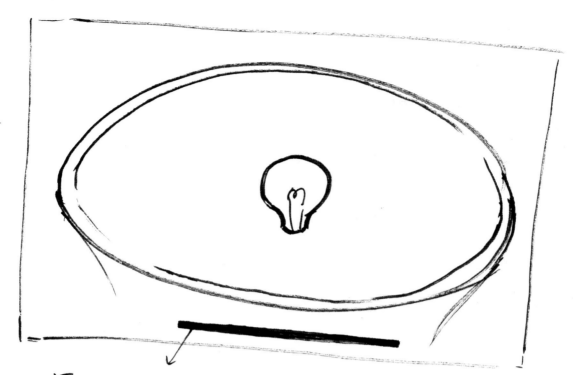

只要给我中心的位置，没有我照亮的地方
我没什么特别就是年龄看不懂大小。

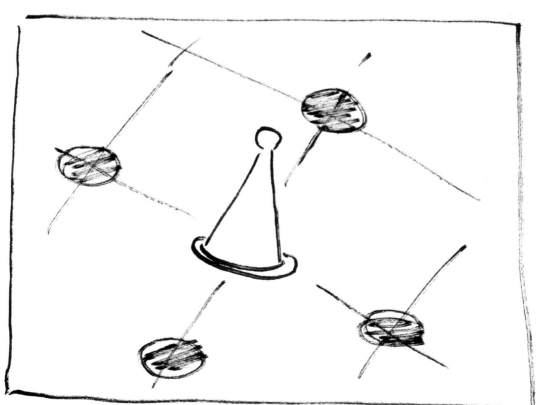

只要给我一个机会，~~我可以~~没有我跳不出的困境
我没什么特别就是年龄看不懂超越

小也有诱惑力.

想钓大鱼,诱饵并不需要太大.

△有诱惑力,就能以最小的代价钓到大鱼.

(鱼苦钓之大鱼是诱饵网很子你)面对庞大的对
象,小诱饵能投其所好,依靠持有的动态、
色彩、气味及制约的本领,它可以具有强大的
吸引力.△总此小,去钓有钓大鱼的专长.）

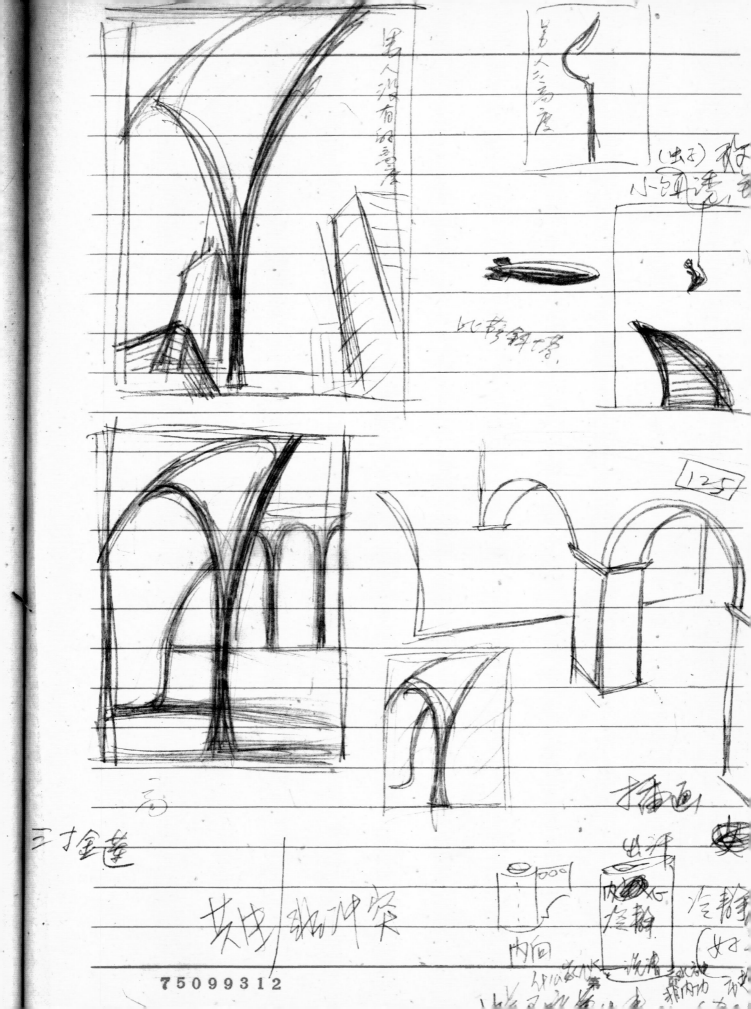

75099312

小的好处 （刘宓）

刘宓身高152厘米，是个小个子。

一开始，刘宓提供了一张题为"男人没有的高度"的草图，她解释说："现在一般的公司都偏好招男性，而不太欢迎女性，但实际上女性有其不可替代的特点与优势。"画面以形似建筑穹顶般伟岸的"高跟鞋底"为主体，文案有"如何抬高自己，这是女人的专利"，"男人可以解决很多问题，但他很难改变高度问题，"……这是一个挺有意思的想法，但刘宓没有展开来做，而将精力集中在"小的好处"的想法上：

迷眼：微小的沙粒最会钻空子，抓住痛处不放。

难以对付：棍子越短小越难掰断。

鱼饵：小鱼饵有大的诱惑力。

针尖：越细小越有穿透力。

漏网之鱼：鱼越小越容易漏网。

大象与小鸟：没有小鸟的帮助，大象很难摆脱成群昆虫带来的困扰。

婴儿：越小可能性越大。

刻度：越小越精确。

……

刘　宓：　"想了许多'小的好处'，一开始主要是研究想法，琢磨话该怎么说，后来大概有七八种想法比较成型，想法具体化以后，有的虽然想法很好，但找不到合适的图片，慢慢地就滞后了，而有的想法虽还很模糊，但却找到了很棒的图片，于是又重新研究文字该如何表述，这样一来，各种想法的深入程度就变得不一样了，还有一个比较难办的是，如何说'小'是刘宓的'小'，而不是泛泛的'小'，还不能太唐突。"

教　师：　"有两种方式可以参考，以'小鱼饵'为例，一种是先写'小鱼饵'的'小'的好处，再写刘宓'小'的好处，一半对一半对应地写，这种方式很常见，但很有效，很清晰；另一种是，表面上是写鱼饵，而实际上是写刘宓，这种叙述方式则需要一定的写作技巧。"

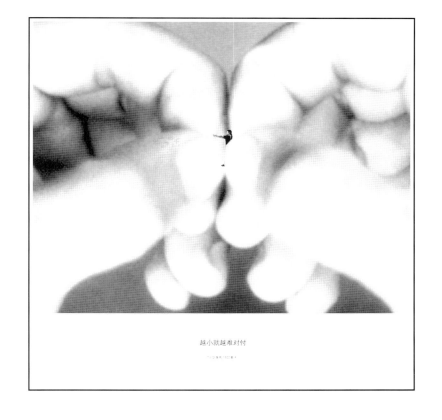

越小就越难对付

大象的小鸟.

　　像很多大型动物一样，大象很欢迎专食昆虫的小型
鸟类. 没有鸟的帮助, 它很难摆脱成群昆虫带来的困扰.
越是庞大的结构越需要细致入微的料理.
　　（大）

像很多大型动物一样
大象很欢迎专食昆虫的小鸟
没有鸟的帮助
它很难摆脱成群昆虫带来的困扰
越是庞大的结构
越需要细致入微的料理

刘宓："可能后一种写作方式比较适合我
　　　的情况。"

　　……

　　最后完成的作品有四幅：

图一、　　越小越难对付
　　　　　刘宓身高 1522 毫米

图二、　　像很多大型动物一样
　　　　　大象很欢迎专食昆虫的小鸟
　　　　　没有小鸟的帮助
　　　　　它很难摆脱成群昆虫带来的困扰
　　　　　越是庞大的结构
　　　　　越需要细致入微的料理

图三、　　小也有诱惑力
　　　　　想钓大鱼
　　　　　你的诱饵并不需要太大
　　　　　面对庞大的对象
　　　　　小诱饵能投其所好
　　　　　依靠特有的动态
　　　　　色彩、气味及别的本领
　　　　　它可以具有强大的吸引力
　　　　　有诱惑力
　　　　　就能以最小的代价钓到大鱼

图四、　　漏网之鱼
　　　　　一网打尽了吗
　　　　　一举一动虽不引人注目
　　　　　关键时刻却能游刃有余

　　文案的叙述流畅明晰，体现一定的职业
水准。将个人形象巧妙地融入画面，获得了
异常而直观的视觉感受。四幅作品围绕着一
个基本的概念"小"来做文章，说理清晰，构
思巧妙，画面效果干净利索，体现出冷静、机
智而幽默的个性特征。

漏网之鱼：

　　正因为特别小，才不会被一网打尽，
　一举一动不引人注目，关键时刻却能游刃有余。

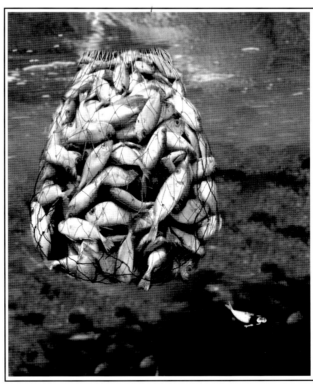

漏网之鱼
一网打尽了吗
一举一动最不引人注目
关键时刻却能游刃有余

②的力量
③敢钓大鱼。

①诱饵总以最殊的身材引鱼上钩，诱②惑力就能
　以最小的代价换取大鱼
　　　　　（钓到）

鱼和诱饵身材悬殊，

小也有诱惑力
想钓大鱼
你的诱饵并不需要太大
面对庞大的对象
小诱饵能投其所好
依靠特有的动态
色彩 气味及别的本领
它可以具有强大的吸引力
有诱惑力
就能以最小的代价钓到大鱼

看似飘忽不定

看似不紧不慢

看上去胆小如鼠

表象与真实 （曲珊珊）

　　曲珊珊的这一组作品围绕着一个"假象"的概念，从一开始，她的想法就很明确，这从她找来的素材就能看出：

　　"小蜥蜴与霸王龙"

　　看上去胆小如鼠，其实勇猛善战才是我的风格。

　　"小花与仙人掌"

　　看上去弱不禁风，其实力求生存才是我的特点。

　　"蝴蝶与螳螂"

　　看上去飘浮不定，其实当机立断才是我的性格。

　　"企鹅与老鹰"

　　看上去不紧不慢，其实迅猛快捷才是我的性格。

　　曲珊珊想通过外表与内在的不一致的概念来描述自己的性格特征。

　　以折页的形式来表现，在打开的瞬间通过强烈的色彩对比、动物形态大小的反差来强化表里不一的基本概念，增强了视觉冲击力。

　　这是一组个性突出、风格犀利的推广作品。

看上去胆小如鼠

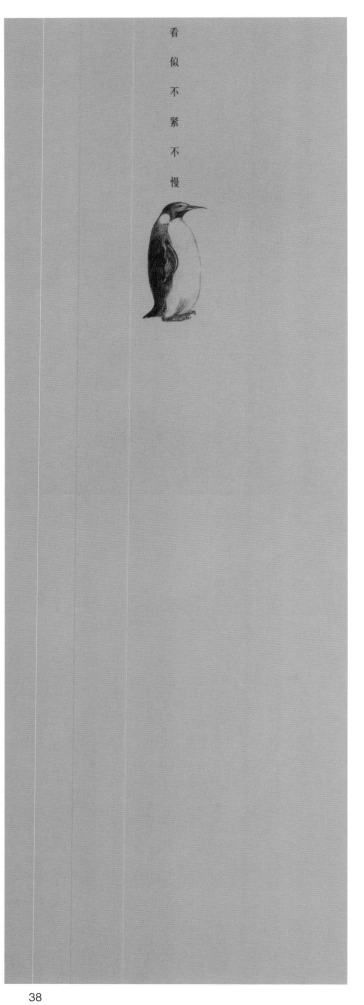

看似 不紧不慢

其实 **迅猛快捷** 才是我的作风

看似 飘忽 不定

其实 **力求生存** 才 是 我 的 特点

蚊子的启示 （王艳）

王艳的特点是声音小，像嗡嗡的蚊子叫。

蚊子叮人起疱、扰人睡眠、传播乙脑……虽然蚊子极不起眼，但其恼人、害人的本领绝不能小瞧。王艳就是从这些阴暗面找到了卖点：

别人说我声音小、不出众、像蚊子，
但我的杰作却让你无法忽视。

别人说我声音小、不出众、像蚊子，
但我的力量却让你无法忘记。

别人说我声音小、不出众、像蚊子，
但我成功的几率却让你无法统计。

别人说我声音小、不出众、像蚊子，
但我传播的速度却让你无法相信。

小素材做出了大创意。

这样的创意显然发自本性的独特眼光与另类的气质，在令人备感意外的感受中你更得到了最有力度的信息传递。大创意总是有些特别的内涵、与众不同的眼光，在学生阶段的推广练习中即体现出如此不寻常的创意潜质，是令人甚感欣慰的。让学生保持足够的敏感度、前瞻性的眼光，不落俗套的气质，远比单纯地传授他们一两种形式、技艺要紧得多，我一向认为多与学生平等交流，少手把手地传授技艺，也许会少耽误学生一些，但传达的功能意识、目的永远是不容忽视的。

在细化作品的过程中，王艳遇到了困难。先是不知道到哪儿去抓一只完整的蚊子；费尽心机地去自然博物馆拍了一些蚊子的标本，又因为光线太暗，胶片洗出来又不清楚，达不到制作所要求的精度；自己画吧，又画得没感觉，找人画又有困难……进入制作后，如何能放大蚊子，又不至于与人的比例失调，还得看出是人的那一部分，则更让王艳伤透了脑筋，但最终还是比较好地完成了。

不轻言放弃，想方设法变不可能为可能的敬业态度同样应是创意教学的重要组成部分。

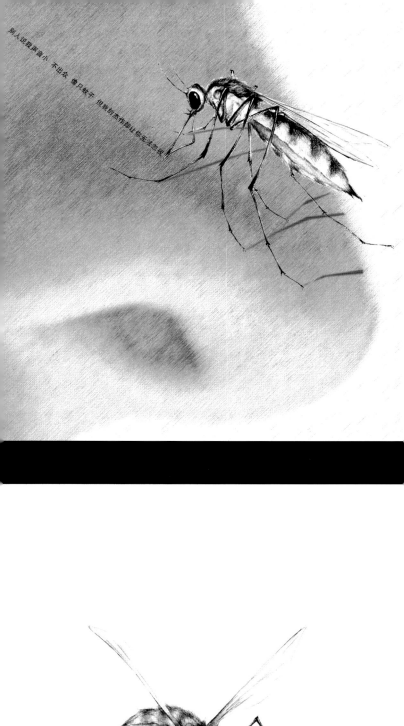

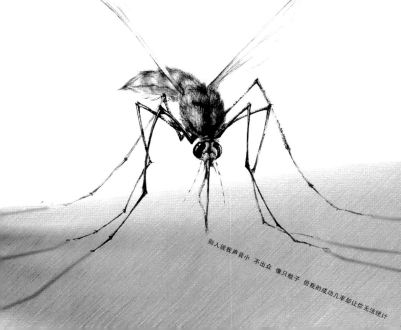

别人说我声音小 不出众 像只蚊子 但我的力量却让你无法忘记

与"蚊子"并行的另一个想法也很有意思。王艳说："一般人切苹果都是竖着切，但如果你横着切就会发现一个五星，做事反常规就会有所发现。"

但愿她能一直这样想，这样做。

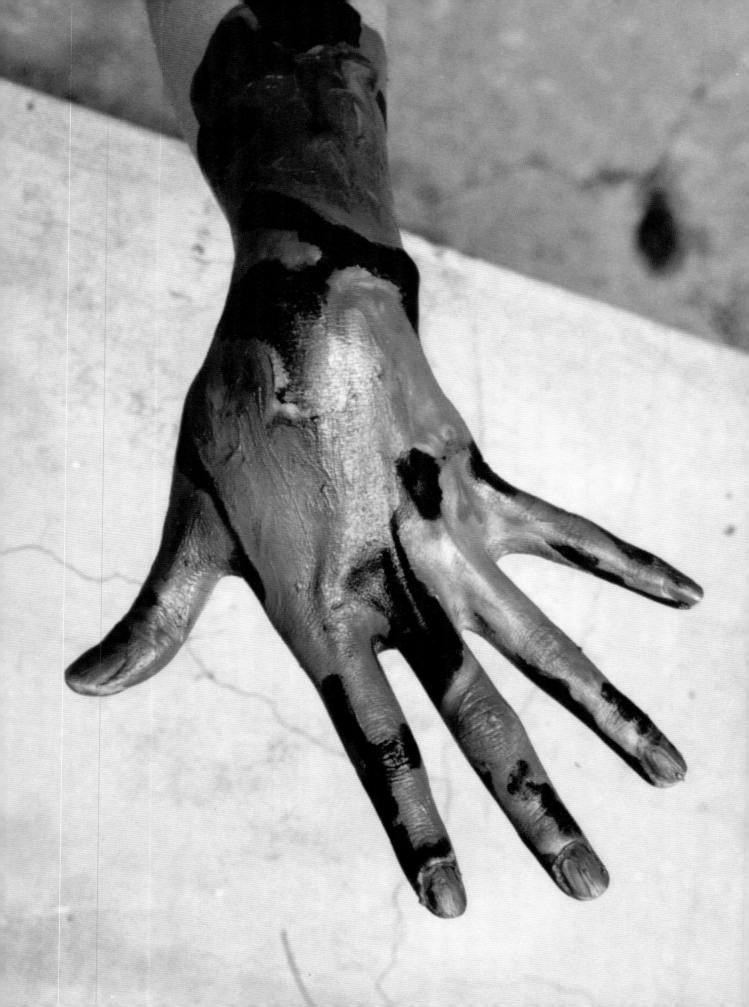

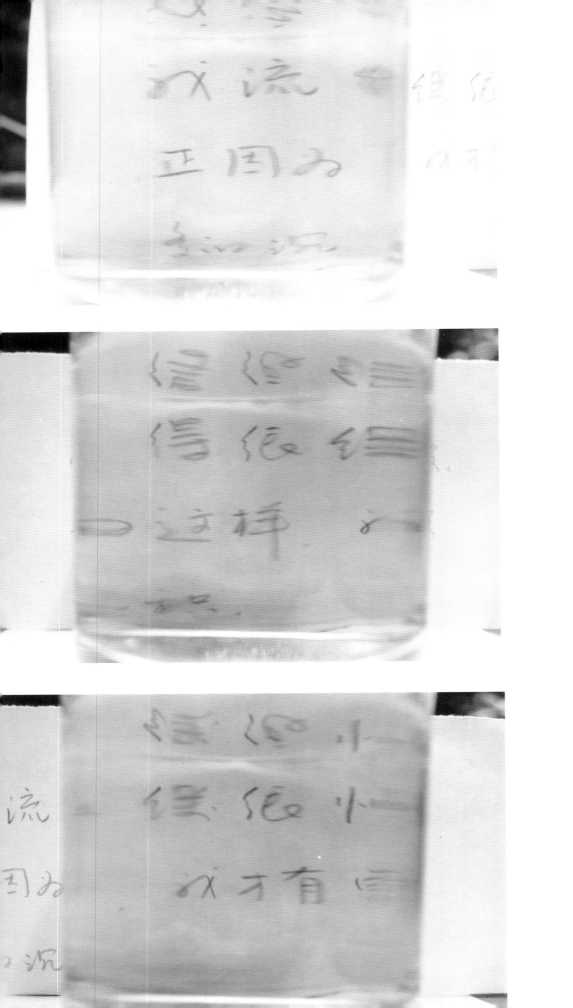

我流得很缓慢

我流得很缓慢，正因
为这样，我才有更多沉积。

我的心很静 （罗凌霞）

罗凌霞的想法一开始就令我有些抵触，在我看来，学生的自我推广应该朴实、自然，有生气，有活力，而不能夸大其辞，故作姿态。而罗凌霞的开场白是这样的：

"我很静，所以我能够静观天下纷扰而不为其所动。"

一种与年龄不符的玄虚的气息令我想起了"为赋新诗强说愁"的少年的造作与轻慢，于是我带着不良的情绪一通狠批，从推广到人性态度。

隔了几天，罗凌霞的想法有了很大改进：

"青蛙篇"
我的心很静，
正因为这样，我能冷静判断，时机一到，准确出击。

"树木篇"
我长得很缓慢，但是，一个经验丰富的木匠知道，正因为长得慢，我的木质很紧密，用我才可以雕刻出最为精美的花纹。

"沉淀篇"
我流得很缓很慢，
正因为这样，我才有更多的沉积。

静与慢的个性特征转化为一种从容、自信而内敛的意象，罗凌霞在一开始所追求的那种冷静、淡泊的意趣依旧存在，却剥离了矫饰夸张的外壳。这本来是令人高兴的，但罗凌霞的自我感觉并不好，她有一种机械操作的钝化感受，越是试图按教师的意见改进这种感受越发强烈，最后她将之总结为"有压力就没有感觉"。

从罗凌霞的草图、制作、拍摄的大量素材来看，她是尽了极大的努力想做好功课，我也是坚持原则，积极关注，双方都朝向同一目标顽强地努力，结果还是令人满意的，为什么学生自己却有一种失落的感受呢？我一向认为，任何创意都应与广告的功能目的一致，真实、可信、独特，如若不然，就应该断然否定，重新再来。那种二十出头就"静观天下"的大话，那种以自己为"济世大药"的玄虚，相信不会给个人推广带来任何好处。然而，我是否准确地领会到学生的真实意图？我的个人感受中是否存有偏差？是

否存有臆想的成分？如果答案是否定的，那么如何能以一种坚决温和而富有启发性的态度让学生明白自己的问题，而不是把学生批得体无完肤、心灰意冷，显然需要深刻的反思。每一位学生都有无尽的潜质，但有的学生需要猛药攻心，有的学生则需要含蓄的暗示；有的学生需要手把手的演示，有的学生则一点即通……孔子的"有教无类"、"因材施教"，体现的正是一种伟大的教育所应有的宽容与睿智，思忖圣人的教诲是我的一种检讨方式。

从另一个角度上看，"有压力就没有感觉"显然不是一种正常的创作心态，变通，不仅是一种创作态度，更应是一种生存原则。孔岩的"弹簧"告诉我们，设计中的力量往往来自于压力，事实上，大创意往往是在巨大的压力下诞生的，专业的创意人时刻承受着那种只能成功不能失败，败则全盘皆输、砸锅走人的生存压力，那种有心情就干，无心情就歇着的自由态度是创意人必须纠正的"气质"，有所限制、有所压力是创意人必然面临的生存状况，因此承受住压力，保持开放的心态，继而将自己反弹到一个"崭新的高度"（孔岩语）是创意人必须具备的职业素质。

平面96级的苏毅敏的毕业设计《印痕》系列之一"开关"篇中，有这么一句话："创作在无数次地被毙掉后，开启又总是必须的。"显然她是明白了，愿大家也能早一点明白。

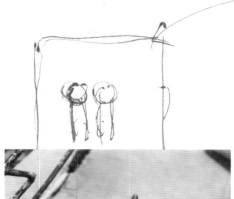

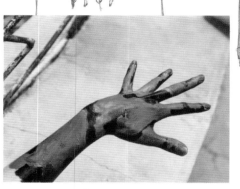

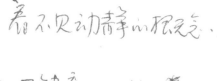

看不见动静的根系.

→ 只神静剧跳楼.

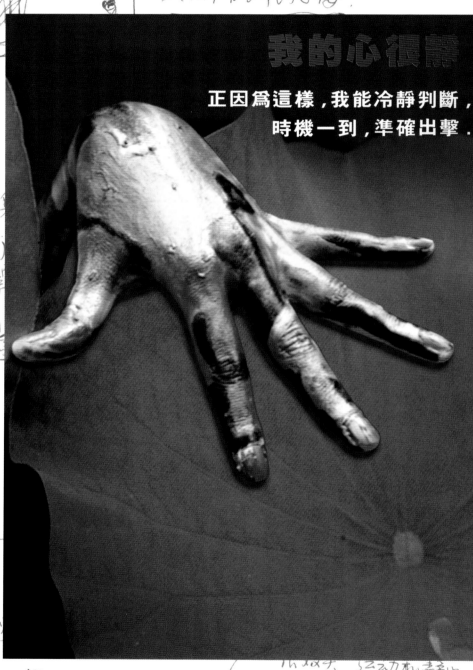

我的心很靜

正因爲這樣,我能冷靜判斷,
時機一到,準確出擊.

人要静此心水中照见 清心寡欲. 要亲写静
心静

而因心静

知道方向

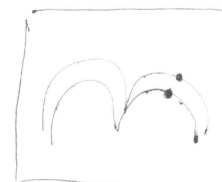

在大抽象的话中

我是由小申没主,波动

让不去伴他飞跑的车 (以静待动)

青蛙抓飞虫

蚂蚁排网飞虫

运动和静止

我和他一样疯狂时,不觉他疯狂

我長得很緩慢

但是，一個
經驗豐富的
木匠知道，
正因為長得
慢，我的木
質很緊密，
用我才可以
雕刻出最為
精美的花紋

五味子

特點：酸甜苦鹹

甘味全俱也

我 看 雲 體 會 人 生 五 味

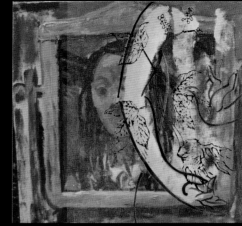

本草本色（吴笛笛）

　　一开始，吴笛笛对本草植物发生了兴趣。

　　龙胆：经霜雪不凋。地肤子：生于薄地，苗极细弱。防风：治轻虚。五味子：其味酸、咸、苦、辛、甘味全者真也。远志：专治心痛逆气。本草植物给人以天然、本色的视觉印象。吴笛笛想能否在自己的个性特征与本草植物的药性之间找到一些平行关系呢？经过一段时间的搜寻、研究后，吴笛笛用一种"望文生义"的方式解决了本草与个人本色之间的对应关系：

藕　荷：　出淤泥而不染。浊表青莲而不妖。
　　　　　这是我追求的品质。

龙　胆：　经霜雪不凋。内心一旦认定，无比
　　　　　坚强 。

防　风：　专治轻虚。有自己的见解不为外
　　　　　人所动。

地肤子：生于薄地，苗极细弱就像大地的
　　　　　皮肤一样敏感。

　　这种表述体现了作者的灵活与变通，就推广的目的而言，一切被选择元素的变异、分解，甚至是曲解，只要有利于推广的实际功效，都是可行的。

　　人体与本草植物的结合构成基本的画面，人体的渲染具有水墨印痕的趣味，本草图形选自明代木刻版画，两者的巧妙结合营造了一种优雅、清新的视觉效果。

　　经过一段时间的尝试，平时热衷于绘画的吴笛笛将个人推广定义为一位艺术家的个

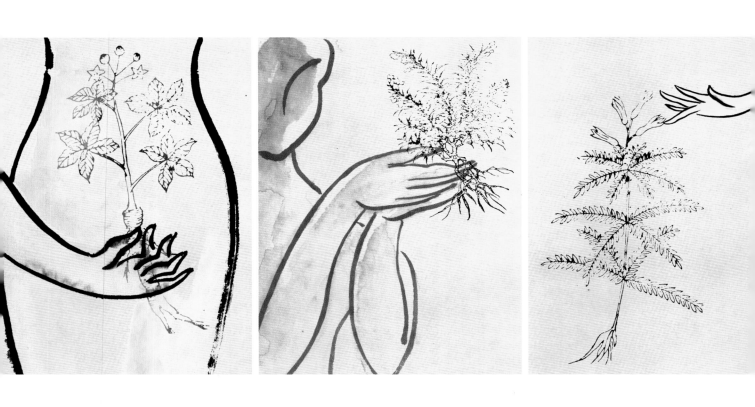

菟絲子 蓬 蘽

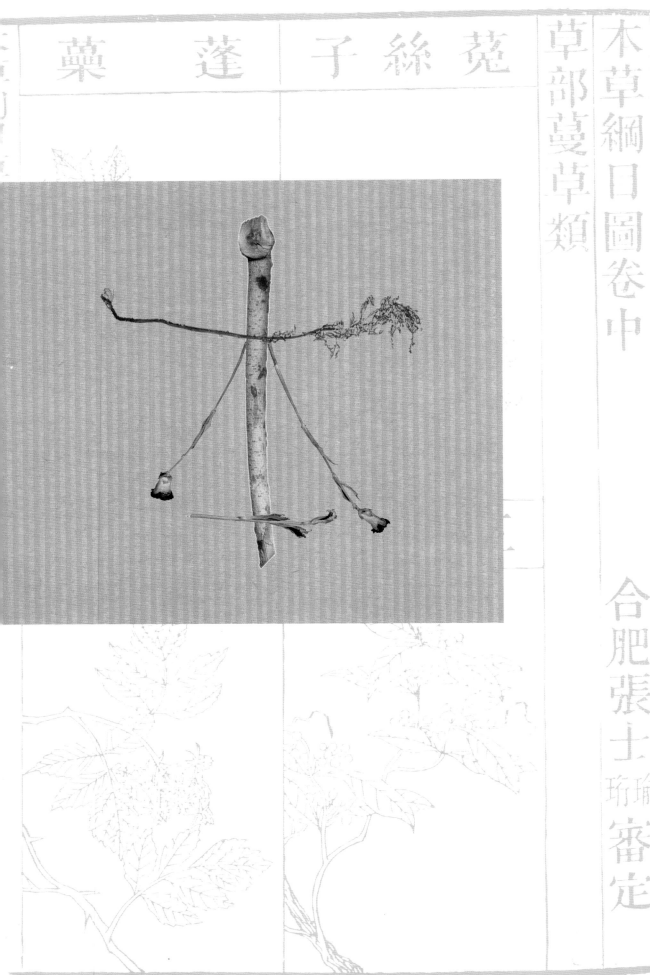

合肥張士瑜珩審定

五味子

特點：酸甜苦鹹
甘味全俱也

嘗盡體會人生五味

防風

專治：輕虛

愛自己的見解不為他人所動

弹性的位置（孔岩）

孔　岩：弹簧有弹性，能减震，大到摩托车、汽车，小到圆珠笔，里面都有弹簧，而且是放在关键部位，因此弹性的设计是很重要的；另一方面就弹簧本身来说，你只要给弹簧一个压力，就会立刻产生一个反作用力，从而把你弹到一个新的高度。

教　师：“弯的比直的好”，你写得挺好的，但为什么“弯的”就比“直的”好呢？是“弯的”可能性更多，“弯的”更有力量？……你得明确。另外，“把我放在关键的部位”同样挺好，但你得说清楚“放在关键的部位”所带来的效应，比如，摩托的减震，圆珠笔的伸缩自如……同时得进一步引申为个人的利益点，因为你是在做一个未来的设计师的自我推广，而不是弹簧制造商的广告，要把一个元素的功能属性转化为一个推广意义上的利益点。

孔　岩：另外我还有另一种“弯的比直的好，”是与发型有关，弯曲的头发，当然这是另一种象征概念，意味着改变、更新，因为老是直发，突然变成卷发后，心情会振奋一些，这是变化带来的好处。

教　师：我认为也许将想法集中于已有的“关键的部位”、“弹性的好处”去进一步细化，也许更容易、更有效率些，毕竟后一种头发的“弯的比直的好”的概念的出发点与前面的相比有很大不同，硬要他们走到一块可能有一定的难度，要是分开做，可能性更大一些。

3年都很爱吃芹菜的孔岩
健康 思维活跃　明年即将毕业于中央美院设计系　愿我象芹菜一样的韧性带给您绿色的设计

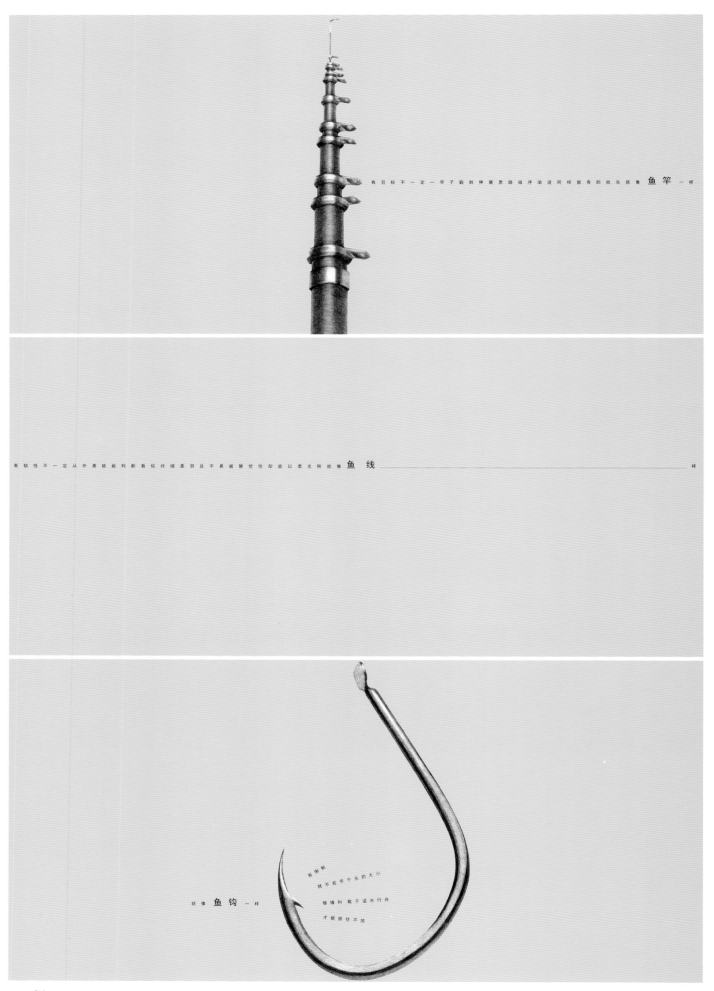

有目标不一定一竿子戳到伸展思路循序渐进用样能有的放矢就像 **鱼竿** 一样

有韧性不一定从外表就能判断看似纤细柔弱且不易被察觉但却能以柔克刚就像 **鱼线** 样

就像 **鱼钩** 一样

有的钓
就不在于个头的大小
够锋利敢于逆水行舟
才能抓住不放

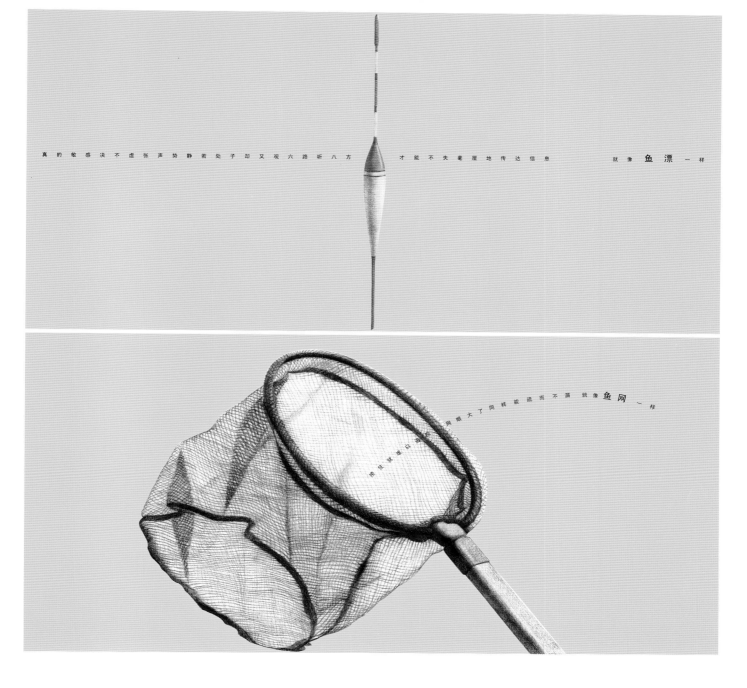

真 的 敏 感 决 不 虚 张 声 势 静 若 处 子 却 又 观 六 路 听 八 方　　才 能 不 失 毫 厘 地 传 达 信 息　　就 像 **鱼漂** 一 样

插 住 就 难 以 挣 脱　　网 眼 大 了 同 样 能 疏 而 不 漏　就 像 **鱼网** 一 样

　　第二学期，有一天孔岩对我说她有了一个新的想法，用钓鱼的工具来做她的自我推广的素材，比如伸缩型的鱼竿可以类比伸缩自如的概念；鱼钩上极具关键的倒刺可以类比逆反的个性；鱼线则可象征自己貌似纤弱、实则坚韧的个性等等。我认为不错。几天后，孔岩带来了她的草图，我发现从图形形态上、文案风格上都缺乏一种"职业"垂钓者——如姜太公所具有的那种从容不迫、志在必得的内敛与张力，于是我建议孔岩回去看一点金庸先生写的武侠小说，尤其是那种描述看似平常、实则武功修为臻至非凡境界的世外高人的段落，以期习得几分通俗的侠气与禅意，让这份颇具个性的自我推广增添一点神秘、幽默的意趣。经过几天不轻松的修改，终于定型为现在这副面貌，图形表现基本达到了预期的目标，文案部分尚未有一个令人满意的交代，中文素养的欠缺正逐渐成为年轻一代成长过程中的危机因素之一，它不只是关乎一两句话的文采问题，而是反映出自文革以后的基础教育中所存有的不容忽视的对传统文化的偏废。

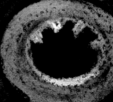

GRAPHIC DESIGN

THE CENTRAL ACADMIC OF FINE ART

A

NORMAL POSITION
TYPE IS 120 μs EQ

EF

SONY

60

这样不好，可是……（陈礼）

陈礼：我知道自己的特点，爱运动、脸黑、爱出汗、不爱说话、有点固执、喝酒脸红……但如何把这些特点运用到自我推广上，总觉得无从下手，有一天，我问一位同学他有什么优点，他回答说没有，然后突然补充道："我有一个优点，最大的的优点就是敢于承认自己没优点。"这句笑话对我启发很大，看来优点、缺点都有两面性，只是看你怎么去发掘，怎么去给他一个说法。

很快，陈礼的自我推广有了灵感：

"冰可乐罐篇"——

有人说我跟人交流时，总是显得很紧张的样子，因为我老爱冒汗，这样不好。

可是，我深知只有这时候，内心才是最冷静的。

"磁带篇"——

有人说太喜欢运动，又是打篮球，又是打乒乓球，耽误了很多时间，消耗精力，影响学习，这样不好。

可是，我深知自己只有真正"动"起来，才能奏响最华美的乐章。

"胶卷篇"——

有人说我性格内向，不爱多说话，在人群中总喜欢将自己躲藏，这样不好，

可是，我深知只有在合适的时候，合适的地方，我才能变成美丽的色彩。

"灯泡篇"——

有人说我太固执，不能听进别人的意见，可是灯泡没有轻信蜡烛说只有氧气会让你发光才发出更耀眼的光芒。

"毛笔篇"——

有人说我脸太黑，看上去有点土，

不像个设计师，

可我深知只有饱醮墨汁的笔，

才能写下有力的文章。

陈礼的这一系列推广，素材选择精妙，文案叙述更透出狡黠善辩的语言特征。色粉笔的处理与手写文字的结合增强了画面的表现力与艺术格调，较之王雪皎的作品，陈礼的作品更具有一种草图意味的随意感受，但这种草图似的随意并没有伤害文案的易读性，这是一组有个人见识，有艺术气质与文化涵养同时不乏视觉冲击的自我推广。这样的作品即使脱开它的推广目的，也能独立成为一

《标点》

把自己变这
动说成了状点。

图 我 推 荐

可是我深知只有在合适的时候合适的地方，我才能变成美丽的色彩。

做乡来，还是一子

《灯泡》
把固执说

有人说我太
不是灯泡
氧气让你
却有影

《毛笔》
把黑说成白

有人说我
又象个没

可我怎深知只有饱醮墨水的
的笔才写下有力的文章。

件娱人性情的艺术作品，如果一件学生的推广作品能上升到这样的高度，那么就意味着我们有必要去思考我们设计教育中的价值取向与优劣判断，那种单纯地以满足功能为目标而不考虑文化与精神因素的认知态度，那种单纯地以个人动机、艺术趣味为惟一目的而不考虑传达与受众的伪精英主义，都是当前设计教育中有害的参照坐标。

有人说太喜欢运动，又是打篮球又是特殊又是打篮球又是打乒乓球……

耽误很多时间影响学习，这样又好

消耗精力……

A

THE CENTRAL ACADMIC OF FINE ART

GRAPHIC DESIGN

60

可是我深知自己只有

真正"动"起来，才能奏出最华美的乐章！

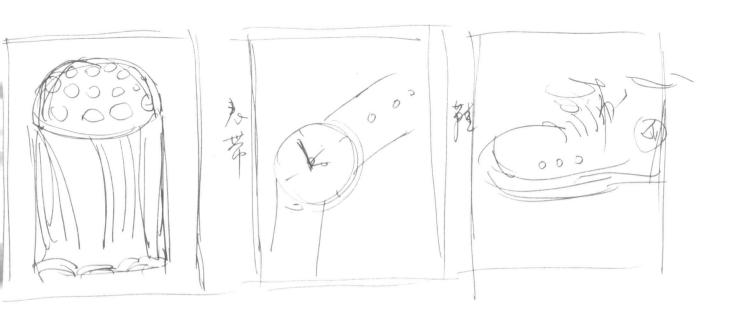

　　陈礼的另一组草图与"孔"有关。

　　陈礼说：调味品的瓶子如果没有"孔"就会倒不出东西，

　　表带没有"孔"就会拴不住表盘，

　　运动鞋上没有"孔"就难以透气，

　　"孔"意味着"缺损"、"不完美"，但正是由于有了这些"不完美"才使得整体更有效用，我自己目前是个学生，自然有许多不完善的地方，将这种不完美看成是潜在的、有效用的"孔"是一种积极的想法。

　　这显然是一种新鲜的思路，关注生活中那些细微的、不起眼的东西，并从中生发出一种有个人见地的象征意义，这说明我们的学生已逐步学会了一种正确的创意思路，这种思路源于日常生活的细枝末叶，具有无限的生发的可能性与普遍的适应性。

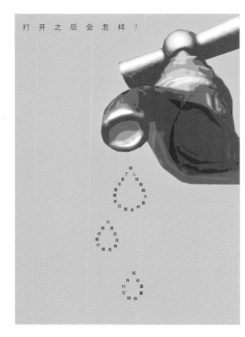

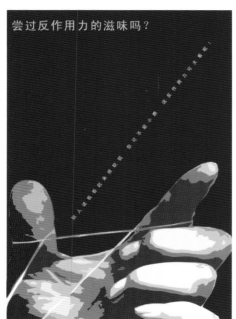

尝过反作用力的滋味吗？ （李梅玲）

李梅玲的推广动机与陈礼的很相似：

"橡皮筋篇"

标题：尝过反作用力的滋味吗？

别人说我看起来很软弱，你可不能小瞧，这反作用力可大着呢？

"冰棍篇"

标题：感觉爽吗？

别人说我看起来冷冰冰的，那有什么不好？有些时候，冷静不就是你所需要的吗？

"磁带篇"

标题：没用过的不是更好吗？

刚毕业的我没有多少经验，这未必是一件坏事，没用过的才会录制出更纯的音质。

"纽扣篇"

标题：什么时候更牢固？

别人说我做事情思前想后，这不能算缺点，把握四处不是更好吗？

这组创意同样是变弱点为优势的一种思路，同样很好，然而当我把王雪皎、陈礼、李梅玲等人的作业联系在一起的时候，我隐约感到有一种套路模式存在其中，这表现为彼此的语言风格的接近、表现手法的单一及类比方式的雷同。

这样的问题显然出在教师身上，在我提出可将个人 弱点、毛病变成推广的强势诉求的时候，我"热心"地告诉张三，你可以这样、这样；告诉李四，你可以那样、那样。由于兴奋，我滔滔不绝，只图嘴巴舒服；由于自信，我不停地以肯定的语气强调我的想法，而不是以征询的态度、商榷的口吻；于是个人所有的那点狭隘的创想与单调的表述在不知不觉中进入学生的脑海，成为他们独立思考时的一道隐性的、有威慑力的电网，从而使得学生的原创受到一定程度的抑制，可见，过度的热情有时会化为焚毁学生原创的炼狱。很多时候，做教师的很难把握适度启发与越俎代庖之间的分寸，而这种分寸的把握更因学生的悟性、天分的差别而难上加难。

"启发"是一位教师需花费一生的时间来琢磨而不会有答案的问题，因为情势在变，学生在变，教师本人也在变。

用过的不是更好吗？

刚毕业的我没有多少经验

坏件一是必未这

事没用过的才会录制出更纯

质音的

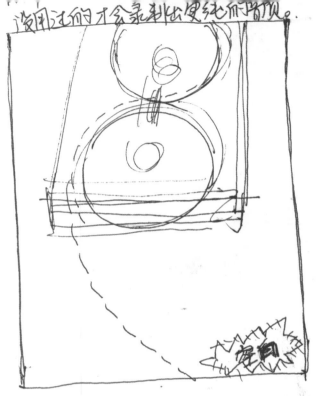

尝过反弹的滋味吗?

别人说我看起来很软
弱,你可不能小瞧,这反
作用力可大着呢!

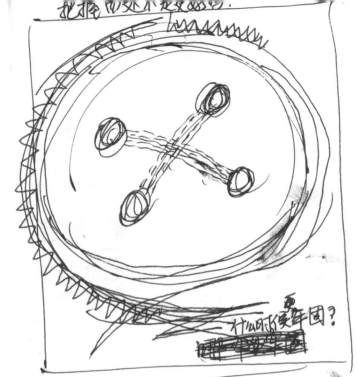

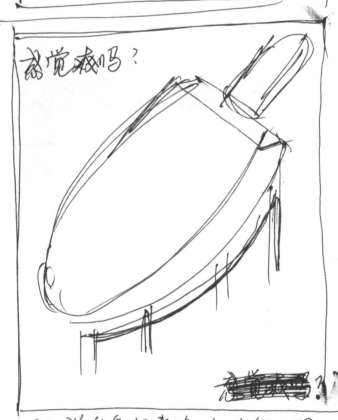

别人说我看起来冷冰冰的,那
有什么不好,有些时候,"冷静"
不就是你所需要的吗?

做成一系列的感觉、色调同主标题的色彩、背景的色彩尽量一致。

什麼时侯更牢固？

别人说我做事情思前想后 这不能算缺点吗？

把 握 四 处 不 是 更 好 吗？

大一点、多一些 （邰健）

　　源于俄罗斯的套娃是一套由小到大、椭圆形的套装玩偶。邰健说，玩偶虽然有大小的渐变，但本质上没有变，而且渐变的过程是大一点，也丰富一些的趣味过程。于是邰健试图用"大一点、多一些"的概念来描述自己才艺的不断丰富多彩的进程，并试图展现在这一进程中不变的自我人格。"大一点、多一点"是一个简单而明晰的思路，循着这种思路能够很快地进入形态的细化过程。也许自认为这种思路过于"简单"，邰健转而研究"玩偶"的概念，提出一个设计师其实就是现实社会中的一个玩偶，于是概念变得复杂进而扑朔迷离，因为"玩偶"的意象的突出特征是其被动性，于是我提出，如果推广作品的主题是玩偶，那么就可能需要针对特定的推广目的，对玩偶进行重新定义，或者阐明其被动性的优势，或者阐明处于被动状态下的变通的可能，才有可能以一种反常的、出人意料的方式来借题发挥，表达出玩偶意象下真实的人格与才情，同时套娃玩偶所具有的层层包裹（或层层展开）的特点，仍然是其最主要的特征，那么玩偶的被动性与层层剥离或层层打包（两者是很不一样的思绪）之间的联系究竟会导致怎样一种复杂而奇异的概念呢？

邰　　健：之所以将自我推广的主题定义为玩偶，意在说明设计是一种"游戏"，而"游戏"就是要玩出花样来，设计也一样，是在玩花样，但是是在一定的前提下玩花样，显然有一定的限制，是被动的，而好的设计就是玩出花样，满足客户的需要，从中体现出自己的不同寻常。

教　　师：我明白了，玩偶的被动性转化为一种设计上的限制，而玩偶本身则转化为一种"游戏的心态"，而玩出花样则体现出自己不寻常的特质。

曲珊珊：同一种东西，可以从不同的方面去拓展它的可能性，就单从"大一点，多一点"这个概念上讲，它不见得只有一种表达方式，那么"玩偶"的概念也一样，就看你侧重于哪一点，把哪一点说完善了就可能是一个不错的设计，比如说，限制的概念，放在桌子上的套娃看上去是单一的东西，而你试着打开它，一层层剥开它的外壳，就会发现里面还有很多东西，一层层的保护也可以说是一层层的屏障，遮盖了里面的东西，而里面的东西虽然小，但是起作用。

教　师：讲得很好。郜健之所以从"大一点，多一点"转入"玩偶"的概念，我以为是她不满足原有的、看似单纯的动机，她试图将作品深刻度加强，这本身没有问题，但有一点我们需要牢牢记住，我们是在做图形推广，而不是在做哲学论文，推广必须考虑传达的有效性，诉求单纯、明晰，传达才可能有机会成为话语，受众才有可能进入预设的窗口，之后才有可能领会图形表象下的思想、意趣。从郜健的"大一点，多一点"的层层增多的概念到曲珊珊的层层剥离的清除概念，我们看到了一种与前后顺序有关的截然不同的思绪变化，而这一不同的思绪背后的动机是很值得各位去体味的。

曲珊珊：我觉得一开始她的那种思维方式是好的，如同看到一只杯子，能想到很多种可能性，尽可能拓宽思路，走得越远越好，也许其中一些思路没在这次设计中起作用，但早晚会起作用，但就怕走出去就走不回来了，这也是大家常犯的

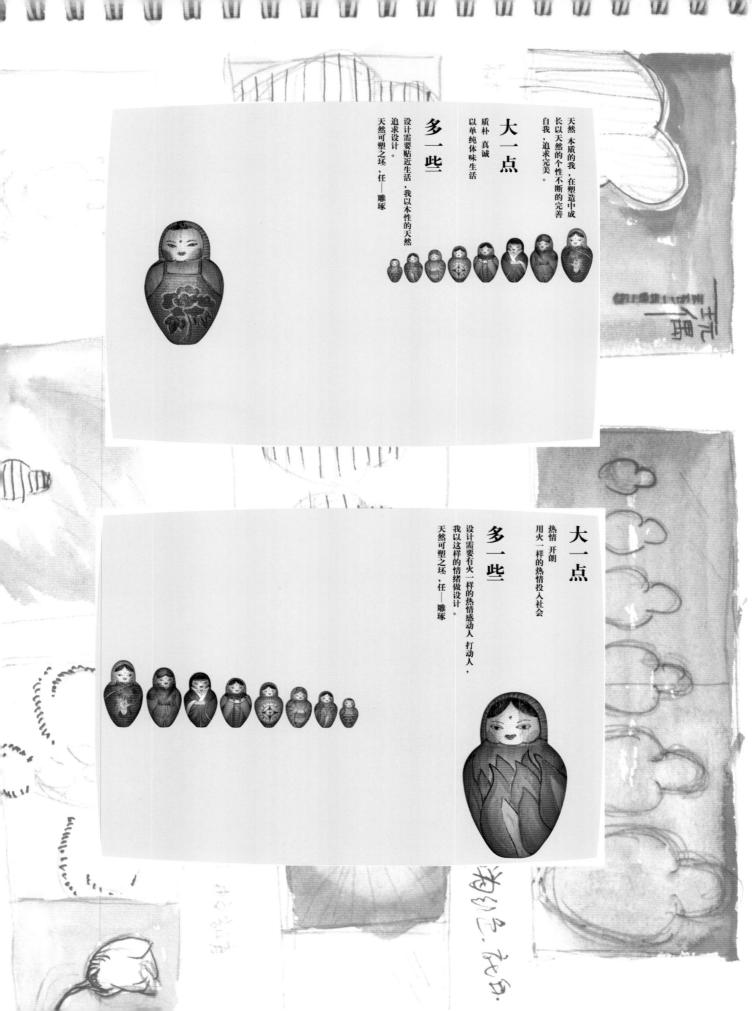

天然 本质的我，在塑造中成
长以天然的个性不断的完善
自我，追求完美。

大一点

质朴 真诚
以单纯体味生活

多一些

设计需要贴近生活，我以本性的天然
追求设计。

天然可塑之环，任—雕琢

天然 本质的我，在塑造中成

热情 开朗
用火一样的热情投入社会

大一点

多一些

设计需要有火一样的热情感动人 打动人，
我以这样的情绪做设计。

天然可塑之环，任—雕琢

一个毛病，看着哪条路都挺好，都想占着。

……

在随后细化作品的过程中，邰健又逐渐回到了原初的动机——"大一点、多一些"，并在文案上做进一步的简化。

大，天然可塑之坯，任意雕琢；

多，直觉敏感，像蜜蜂一样寻来蜜糖；

大，天然可塑之坯，任意雕琢；

多，热情、开朗，用火一样的热情投入社会。

……

文案的高度简约并没有带来预期的精练，而是造成了基本信息的缺损，从而导致了概念的某种程度上的混淆，"大一点"在这里原本是增多一点的意思，而简约成"大"字，则变成了个头大的心理意象，原有的层层渐进、步步增多的意趣有丢失的危险。另一方面，"多"的描述也过于简约，使得自我推广的主体"自我"缺乏清晰的面貌，这一切的综合造成传达意义上的硬伤。经过再次的沟通，作品显现了如下的面貌：

大一点，

质朴、真诚，

以单纯体味生活，

多一些，

设计需要贴近生活，我以本性的天然追求设计，天然可塑之坯，任意雕琢，

大一点，

好胜、逞能，

有武士一般的气度和气势来面对挑战，

多一些，

设计需要有竞争的意识和斗志，

我以武士一样的斗志挑战设计，

天然可塑之坯，任意雕琢，

……

画面的形式处理有很好表现，每一张画面的诉求重点明晰而富有意趣，四周弧形的轮廓线带来与套娃样态契合一致的精致感受，联系到全班其他同学的作业，其中明显地存在着一种可贵的艺术气质与灵动的感受力，这种气质与感受力提升了作品的素质，艺术与设计的话题由来已久，并

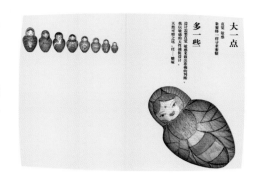

且在将来还会永无结论地继续下去，但我深信，在概念之间、专业之间日益失去其明晰的界线的今天，我们虽然必须承受失去恒长性的彷徨与焦虑，但在彼此渗透的模糊地带，新的可能正在孕育，新的突破正在发生。因此，先做起来再说，教员与学生一同带着健康的心态、合作的态度去尝试种种途径的可能性，远比在理论上、在执行的细枝末节上争论不休、面红耳赤要更具有实践意义。

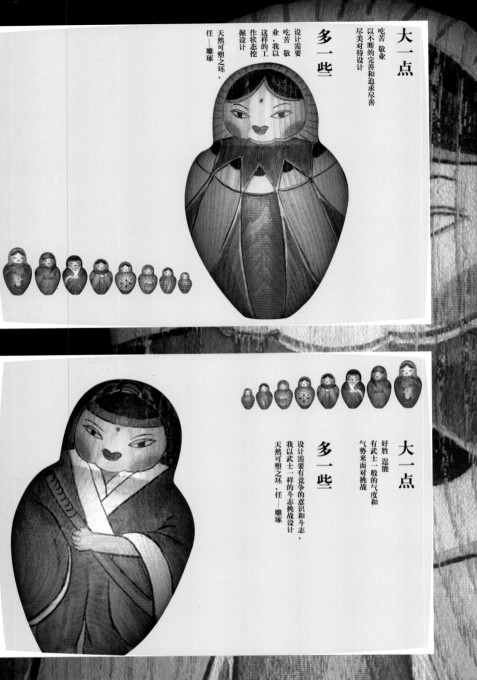

大一点
多一些

吃苦 敬业
以不断的完善和追求尽善尽美对待设计

设计需要吃苦 敬业，我以这样的工作状态挖掘设计

天然可塑之坯，任——雕琢

大一点
多一些

好胜 逞能
有武士一般的气度和气势来面对挑战

设计需要有竞争的意识和斗志，我以武士一样的斗志挑战设计

天然可塑之坯，任——雕琢

大一点
多一些

全面 专业
特殊的教育塑造特殊的人才

设计需要全面 专业的人才，我努力使自己更全面更专业

天然可塑之坯，任——雕琢

大一点

更多

对完美的追求永不服输的心气，

对美好生活的渴望

多一些

设计需要完美，我渴望成功追求完美

天然可塑之坯，任——雕琢

只要是 行

就会有不懈的努力

只因为有火热的心

火一样的执著

后 记

以纪实的手法将每一位学生的创作过程与教师的沟通情况等有选择地记录下来，以资设计学院的教学研究是我写这本书的基本动机。

书中记录了我自以为有成效的个案的引导过程，也记录了我至今仍在思索的可能扼杀学生天分的武断与愚昧。然而，如我在本书"缘起"中所指出的，每个人都有掩饰与美化自己的倾向，我自然也不能免俗，只是感于学生们对我的信任，我尽可能地做到真实，让他们意识到我与他们一样，需要用一生的时间不断地修正自己，以期能有一种相对圆熟的心性。